图书在版编目（CIP）数据

我不想变成你们的样子 /（法）马克·索拉尔文；（加）彼埃尔·普拉特图；陈耿彬译．-- 南昌：二十一世纪出版社集团，2025. 2. -- ISBN 978-7-5568-8888-7

Ⅰ．I565.85

中国国家版本馆 CIP 数据核字第 2024UU0236 号

Jamais, jamais

By Marc Solal & Pierre Pratt

版权合同登记号：14-2023-0112

WO BU XIANG BIANCHENG NIMEN DE YANGZI

我不想变成你们的样子

[法]马克·索拉尔/文

[加]彼埃尔·普拉特/图　陈耿彬/译

出版人	刘凯军		
责任编辑	张爱玲		
美术编辑	赵　倩		
出版发行	二十一世纪出版社集团（江西省南昌市子安路75号　330025）		
网　址	www.21cccc.com　cc21@163.net		
印　刷	北京顶佳世纪印刷有限公司	版　次	2025年2月第1版
经　销	全国各地书店	印　次	2025年2月第1次印刷
开　本	889 mm × 1194 mm　1/16	书　号	ISBN 978-7-5568-8888-7
印　张	3	定　价	48.00元

赣版权登字-04-2024-921　

购买本社图书，如有问题请联系我们：扫描封底二维码进入官方服务号

服务电话：010-64462163（工作时间可拨打）；服务邮箱：21sjcbs@21cccc.com

[法] 马克·索拉尔/文　[加] 彼埃尔·普拉特/绘　陈耿彬/译

我不想变成你们的样子

二十一世纪出版社集团
21st Century Publishing Group

那天下午，
我感到很无聊。

不能去找爸爸，
因为他在睡觉。

也不能去找妈妈，
因为她在打电话。

更不能去找妹妹，
因为她正在给她的小洋娃娃
穿衣服，脱衣服，
穿衣服，脱衣服，
穿衣服，脱衣服……

我感到很无聊。

妈妈一直在打电话，
她低声对我说："去画画吧。"

然后，她继续打电话，
笑着走开了。

铺开一张白纸，
我心想：
画什么好呢？

一只恐龙？

算了吧，我已经画了一堆。

一辆小汽车？

一辆大卡车？

一只长颈鹿？

一条鱼？

我对着天花板发呆时，
妈妈刚好又从我跟前经过，
她给我出了一个主意：
“列一列你喜欢的所有东西吧。”

然后，她继续打着电话离开了。

我想，她肯定是发现了我的无聊。
于是我挠挠头，努力思考。
突然，我想到可以列出的东西了：

首先，

将来的我，
绝不戴眼镜，

绝不
系领带，

耳朵里
绝对不要长毛。

将来的我，
绝不长啤酒肚。

睡觉时，
绝对不打鼾。

将来的我，
也绝不会长皱纹，

戴假牙。

更加不会
看着电视就睡着。
不会，
绝对不会！

我又挠挠头，
想接着想下去，
忽然，我听到了门铃响。

是爷爷！
看到他，我真是太高兴了，
因为我真的
很喜欢、很喜欢他，
即使他——

戴眼镜，

系领带，

耳朵里长毛，

顶着啤酒肚，

脸上有皱纹，

嘴里戴着假牙

（有一天他在电视机前睡着了，我看到他的假牙正随着他的鼾声嗒嗒抖动）。

有时候我会想，
将来，
我愿意变得和他一样……

但是，那要很久很久以后哟！